글쓴이 ● 김옥애
전남 강진에서 태어나 광주교육대학교와 호남대 국어국문학
과 대학원을 마쳤습니다. 1975년 전남일보 신춘문예와 1979
년 서울신문 신춘문예에 당선되었으며, 동화집『흰민들레 소
식』『봉놋방 손님의 선물』『경무대로 간 해수』등, 동시집『내
옆에 있는 말』『일년에 한 번은』『하늘』『숨어 있는 것들』등이
있습니다. 동시「잠꼬대」가 초등 국어 교과서(2-2)에 수록되었으며, 한국아동문학상, 소
천문학상, 방정환문학상, 이주홍문학상 등을 받았습니다.

그린이 ● 유착희
어렸을 때부터 그림 그리기와 책 읽기를 좋아해 미술 선생님과 헌책방 주인을 꿈꿨습니
다. 첫 직장이었던 일러스트 회사에 근무하며 삽화와 광고 그림을 그렸고, 두 번째 직장
에서부터 그래픽 디자인과 홈페이지를 만들었습니다. 두 아이를 키우며 수많은 그림책
을 접했고 자연스럽게 좋은 그림책의 매력에 빠지게 되었습니다. 좋아하는 사람들과 9년
째 이어오는 그림책 소모임 〈그림책 마실〉에서 좋은 그림책을 소개하고 이론서를 공부
하며, 마음 따뜻해지는 그림책을 만들기 위한 활동을 이어 가고 있습니다. 그린 책으로
『어린이 도서관』등이 있습니다.

아라온호와 함께

개굴개굴 읽기책 02

아라온호와 함께

2025년 1월 16일 1판 1쇄 인쇄 / 2025년 1월 31일 1판 1쇄 발행

지은이 김옥애 / 펴낸이 임은주
펴낸곳 청개구리 / 출판등록 2003년 10월 1일 제2023-000033호
주소 (12284) 경기도 남양주시 다산지금로 202 (현대 테라타워 DIMC) B동 3층 17호
전화 031) 560-9810 / 팩스 031) 560-9811(편집부) 070-7614-2303(주문 전용)
전자우편 treefrog2003@hanmail.net
블로그 blog.naver.com / chgaeguri(네이버블로그 / 청개구리출판사)
인스타그램 treefrog_books

북디자인 서강 / 일러스트 유착희
출력 우일프린테크 / 인쇄 하정문화사 / 제책 상지사P&B

With ARAON

ISBN 979-11-6252-148-9 (73810)

●KC마크는 공통안전기준에 적합하였음을 의미합니다.

개굴개굴 읽기책 02

아라온호와 함께

김옥애 글 ● 유착희 그림

청개구리

깊고 푸른 태평양 북쪽 바다에서 연어들이
마지막 인사를 건넵니다.
"알래스카* 안녕!"
"우릴 키워 준 고마운 바다야, 잘 있어!"

★ 알래스카 : 미국에서 가장 큰 주.

암컷 연어들은 고향 강가로 가서 알을 낳을 꿈에 부풀었어요. 이 연어들은 대한민국 동해 바다가 고향입니다. 강원도 양양 남대천*에서 왔지요.

수컷 연어들은 그런 암컷 연어들을 지켜 주겠다는 각오를 다졌습니다.

"자, 출발."

★ 남대천 : 동해 바다로 흘러가는 큰 강.

맨 앞줄에 있는 대장 연어가 신호를 보냈습니다. 연어
떼는 물살을 가르며 점점 속도를 냈습니다.

연어 떼가 베링 해협*을 막 지날 때였어요. 갑자기 바닷속이 어두워졌습니다.

"앞이 잘 보이지 않아."

별이가 혼잣말을 했습니다. 친구들과 함께 길을 나선 암컷 연어입니다.

"비바람이 몰려오려나 봐."

옆의 친구가 별이의 말을 받았습니다. 곧 굵은 빗방울이 투두둑 떨어졌습니다.

★ 베링 해협 : 북극 바다와 베링 바다를 이어 줌.

연어들은 잽싸게 바다 밑으로 헤엄쳐 내려왔습니다.

별이도 무리에서 떨어지지 않으려고 부지런히 헤엄을 쳤습니다. 아가미 뒤쪽에 있는 가슴지느러미를 세차게 흔들며 달렸지요. 그런데 친구들을 뒤따르던 별이가 갑자기 뚝 멈춰 섰습니다.

옆의 친구가 놀라서 물었습니다.

"왜 그래?"

별이는 몸을 움직일 수가 없었습니다. 별이가 고통스럽게 대답했습니다.

"누가 날 붙잡는 것만 같아."

"그게 무슨 소리야?"

친구가 별이의 몸을 살펴보았습니다.

"이런, 이걸 어째!"

바닷속에 버려진 고기잡이 그물에 별이의 꼬리지느러미가 딱 걸린 거였습니다. 별이는 그물에서 빠져 나오려 애를 썼지만 소용없었습니다.

별이는 끙끙거리며 친구에게 말했습니다.

"얘, 너 먼저 가라. 빨리 가!"

친구가 머뭇거리자 별이는 다시 재촉했습니다.

"너마저 떨어지면 안 돼. 어서 가라니까!"

"미안해."

"아냐, 나도 금방 따라갈게."

마침내 친구는 연어 떼를 향해 잽싸게 헤엄쳐 갔습니다.

별이를 남겨 두고 희미하게 멀어져 갔어요.

혼자가 된 별이는 쓰레기 그물에서 빠져나오려고 온 힘을
다해 몸부림쳤습니다.

성난 파도가 밀려왔다가 밀려가곤 했습니다. 높이 솟은
파도가 그물을 마구 잡아당기는 것만 같았습니다. 그물이
한쪽으로 쏠려 기울어졌습니다.

그 순간 꼬여 있던 그물이 스르륵 풀어졌습니다.

"아, 이제 됐다!"

별이의 지느러미가 겨우 빠져 나왔습니다. 하지만 친구들은 이미 보이지 않았습니다.

혼자가 된 별이는 고향으로 가는 방향을 알아내기가 힘들었습니다. 별이는 막막해졌습니다.

　　그때 한 무리의 낯선 연어 떼가 별이의 옆을 헤엄쳐 갔습니다. 별이는 그들에게 다가가서 조심스레 물었습니다.

　　"너희들은 어디로 가는 중이니?"

　　턱이 약간 구부러진 연어가 대답했습니다.

　　"비가 많이 내리는 케치칸.★"

　　연어들은 지나가면서 한마디씩 주고받았습니다.

　　"고향 바다가 그립다."

　　"나도."

★ 케치칸 : 알래스카의 항구.

연어들 사이에서 푸념하는 소리도 들려왔습니다.

"너무 힘들어. 빨리 가서 좀 쉬었으면 좋겠다."

그 연어는 기운이 하나도 없어 보였습니다.

"왜? 어디가 안 좋은 거니?"

별이가 걱정스런 말투로 물었어요. 그러자 옆에 있던 다른 연어가 대신 말해 주었습니다.

"먹이인 줄 알고 플라스틱 조각을 삼켜 버렸대."

"저런. 큰일이구나."

그 연어는 바다에 떠다니는 비닐봉지나 플라스틱 조각을 먹이와 구분하지 못했나 봅니다. 별이는 쓰레기 그물에 걸려 고생한 일이 떠올랐습니다.

별이는 그들을 물끄러미 바라보았습니다.

'나하고는 가는 방향이 달라.'

한 떼의 연어들이 지나가고 나자, 별이는 다시 혼자가 되었습니다.

별이는 빨리 고향으로 돌아가고 싶었습니다. 가다 보면 함께 출발했던 친구들을 다시 만날 수 있게 될지도 모릅니다.

별이는 남대천에서 만났던 아이가 보고 싶었습니다.

남대천을 떠나올 때 아이는 엄마와 함께 배웅을 해 주었습니다.

"엄마, 이 물고기 좀 봐요. 참 예뻐요."

"어린 것은 모두 예쁘지. 너도, 새싹도, 강아지도."

눈이 초롱초롱한 아이가 먼저 이름을 알려줬습니다.

"난 은하야, 김은하."

엄마가 놀란 얼굴로 아이에게 말했습니다.

"은하야, 저 물고기 눈가에 별 모양의 무늬가 있구나."

"별? 정말이네요. 양쪽에 다 있어요. 그럼, 별이네. 별아!"

아이는 그 자리에서 어린 연어를 별이라 불렀습니다.

"별아, 우리 또 만나."

"그래요."

별이는 아이와 약속했습니다.

아이의 엄마가 말했습니다.

"은하야, 나중에 단풍 들 때 꼭 다시 와 보자."

"좋아요, 엄마."

엄마 손을 잡고 팔짝팔짝 뛰던 은하도 그동안 몰라보게 자랐을 겁니다.

별이는 바다 위에 둥둥 떠 있는 얼음덩이를 바라봤습니다. 어느새 얼음덩이가 많이 녹아 사라졌습니다. 지구가 더워져 바닷물 온도가 올랐기 때문입니다.

저멀리 보석처럼 맑은 얼음덩이 위에 북극곰 한 마리가 앉아 있는 게 보였습니다.

“아이고!”

별이는 와락 겁이 났습니다. 지느러미를 흔들며 부들부들 떨었습니다.

“도망가자.”

별이는 곰의 눈에 띄지 않으려고 얼른 몸의 방향을 바꾸었습니다.

삐비빅. 얼음 녹는 소리가 들렸습니다. 얼음 위에 앉아 있던 곰이 얼음덩이를 바꿔 탔습니다.

뒤에서 북극곰의 부드러운 목소리가 들려왔습니다.

“얘!”

흰 털이 촘촘하게 덮인 북극곰이 가까이 다가오며 별이를 불렀습니다.

"살려 주세요."

배지느러미를 흔들며 별이가 북극곰에게 사정했습니다. 북극곰은 여유가 넘쳐나 보였습니다.

"걱정 마. 널 해치지 않을 테니까."

별이는 그 말이 믿어지질 않았습니다.

"근데 왜 불렀어요?"

북극곰은 느긋하게 물었습니다.

"왜 혼자니? 다른 친구들은 다 어디 가고?"

"친구들을 잃어 버렸어요."

"저런! 한눈을 팔았구나."

"……."

별이는 그물에 걸렸던 이야기는 꺼내지 않았습니다. 북극곰이 별이에게 또 물었습니다.

"너는 어디로 가는데? 일본? 대한민국? 러시아?"

잠자코 듣고 있던 별이가 용기를 내 되물었습니다.

"혹시 대한민국으로 가는 방향을 아세요?"

"……."

북극곰은 즉시 대답을 못 했습니다. 하지만 북극곰은 무척 친절했습니다.

"너는 대한민국이 고향이구나."

"맞아요."

북극곰은 뭔가를 곰곰이 생각했습니다.

잠시 후 북극곰이 이렇게 말했습니다.

"그렇다면, 놈★ 항구로 가 보렴."

"놈이요?"

"응."

북극곰은 그곳에서 대한민국 배를 본 적이 있습니다. 그 배가 놈 앞바다에 머물다 떠나가곤 했으니까요.

북극곰은 더 자세히 설명해 주었습니다.

"거기에 가면 대한민국 쇄빙선 아라온★호를 만날 수 있을 거야."

★놈 : 알래스카의 항구도시.
★아라온 : '바다'의 순우리말인 '아라'와, '모두'를 뜻하는 '온'을 합쳐서 만든 말.

쇄빙선 아라온호는 2009년에 처음으로 바다에 나왔습니다. 이 세상의 바다라면 어디든지 다 누비며 돌아다닌다는 뜻이 담겨 있습니다.

아라온호는 바다 곳곳을 다니며 해양 조사를 했습니다. 북극이나 남극에서는 얼음을 깨서 스스로 뱃길을 만들어 다니는 배입니다.

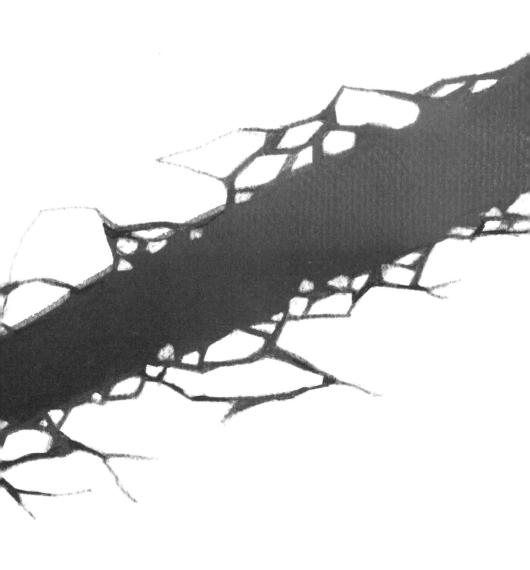

얼음덩이 위에 앉아 있던 북극곰이 다시 말했습니다.

"얼마 전에 놈 항구 근처에 있다가 사람들 말을 들었는데, 그 배가 이번에는 대한민국으로 돌아간다고 하더라. 아마 곧 출발할지도 몰라."

"정말요?"

"그 배를 따라가기만 하면 대한민국 바다에 도착할 거야, 그치?"

"아, 정말 그렇겠군요."

별이는 북극곰의 말이 옳다고 생각했습니다. 물 위로 펄쩍펄쩍 뛰어오르며 좋아했습니다. 새로운 희망이 솟아나는 것 같았습니다.

"북극곰님, 감사합니다."

"참, 그 배는 빨강 옷을 입었다."

"빨간색이요?"

북극곰은 대한민국 배의 생김새까지 알려 주었습니다.

별이는 쇄빙선 아라온호를 상상해 보았습니다.

'어서 놈으로 가야지.'

쇄빙선 아라온호 소식은 캄캄한 바다에서
등대를 만난 것과 같았습니다. 별이는 지느
러미를 흔들며 방향을 바꿨습니다.

그때 북극곰이 별이에게 소리쳤습니다.

"애야, 잠깐!"

"왜요? 무슨 일인데요?"

"잠깐만 기다려 봐!"

바다 물결에 밀리지 않으려고 별이는 배
지느러미에 잔뜩 힘을 주었습니다.

북극곰은 먼바다를 바라보았습니다.

"저기를 보렴. 배가 이쪽으로 오고 있잖니?"

베링 해협 쪽에서 빨간색의 배 한 척이 나타났습니다. 가까워진 배의 몸에는 'ARAON'이란 영어가 씌어져 있습니다. 그 아래 '아라온'이란 글자도 또렷이 보였습니다.

쇄빙선 아라온호는 북극 기지에서 일하는 한국 사람들에게 필요한 물건을 가져다 주고 다시 대한민국으로 돌아가는 중이었습니다.

"됐다. 됐어!"

북극곰은 별이보다도 더 아라온호를 반가워했습니다.

"배가 조금만 더 가까이 오면 너도 그 뒤를 따라가라."

"예, 북극곰님."

사람과 마주치면 사람도 공격하는 무서운 북극곰
입니다. 그런 북극곰에게도 이런 따뜻한 마음이 숨
어 있었나 봅니다.

"가는 길이 힘들겠지만 꼭 견뎌내야 한다!"

"예!"

북극곰은 얼음덩이 위에서 떠나가는 별이의 뒷모
습을 지켜봤습니다.

마침내 별이는 쇄빙선 아라온호의 뒤를 따랐습니다. 있는 힘을 다해 달렸습니다.

한참 지났을 때 배의 갑판 위로 나온 연구원들의 이야기 소리가 가만가만 들려왔습니다.

"갈수록 얼음이 녹고 있어서 큰일이네요."

"그러게 말입니다. 이러다가는 쇄빙선도 필요없어질 거

같아요."

"무슨 재앙이 닥치게 될지 그게 더 걱정입니다."

사람들이 걱정스런 말투로 이야기를 계속 이어 나갔습니다. 별이도 마음이 무거워졌습니다. 북극곰의 집인 얼음덩이들이 녹지 않길 빌었습니다.

아라온호는 잠시도 쉬지 않고 달려갔습니다. 별이도 부지런히 따라갔습니다.

바닷물의 온도가 몇 번이나 바뀌고 나자 점점 동해 바다가 가까워지는 느낌이 들었습니다. 별이는 더욱 힘을 냈습니다.

부지런히 먹이도 찾아 배를 채웠습니다. 새우가 아닌 불가사리 새끼로 먹이가 달라졌을 땐 입맛이 떨어졌습니다. 하지만 쉬지 않고 바닷속을 달렸습니다.

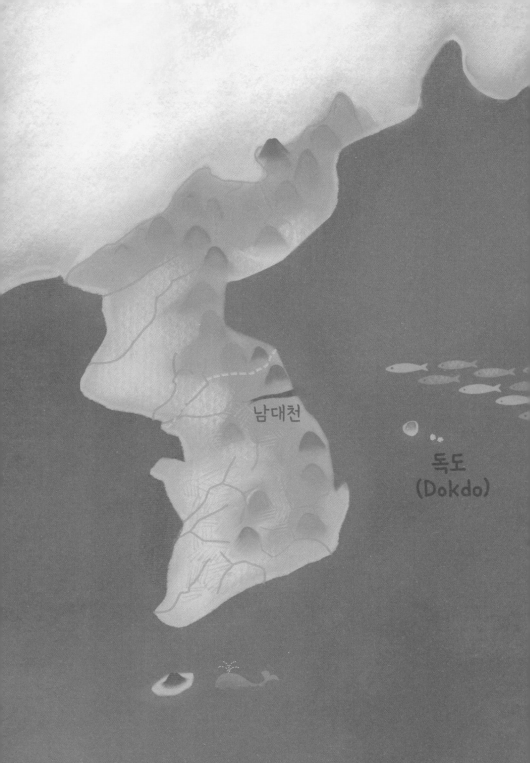

남대천

독도
(Dokdo)

'얼마나 더 가야 할까?'

별이는 몸이 힘들고, 지칠 때마다 북극곰의 얼굴을 떠올렸습니다. 그러면 힘이 났습니다. 앞서가는 아라온호도어서 따라오라고 응원하는 것만 같았습니다.

'거의 다 왔어. 조금만 참자. 힘들어도 꼭 견뎌내야 해.'

동해
(Edst Sea)

궁금해요

오래전 알래스카를 다녀온 적이 있어요. 케치칸 항구도시에도 들렀는데, 그곳에서 나는 어느 강가로 나갔다가 우연히 연어 떼를 만났지요. 연어들은 고향으로 돌아가기 위해 힘차게 강물을 헤엄쳐 갔어요. 그중에 우리나라 남대천에서 온 별이도 있을지 모른다는 생각이 들었답니다. 그때 나는 연어들을 향해 열심히 응원을 보냈어요.

> 케치칸의 어느 강에
> 연어가 떼 지어 모였다.
> 연어는 갈 길을 찾아 뛰어오르고
> 뛰다 넘어지면 다시 오르고

또 넘어지면 물살 속에서 맴을 돌았다.

연어들의 고향 가는 길이 힘들어 보여

나는 응원을 했다.

연어야, 넌 갈 수 있어. 포기하지 마!

뛰어.

다시 뛰어

훌쩍 뛰어!

연어들은 힘차게 자기의 고향으로 돌아가고 있었어요. 그런데 우리 별이는
어찌되었을까요? 궁금해요. 별이는 대한민국으로 무사히 돌아왔을까요?

2025년 새해를 맞이하며

김옥애

연어야, 힘내!

친구들과 떨어져 혼자 남겨진 별이.
별이를 도와주었던 북극곰은 더 이상 두려움의 대상이 아니었고,
먼바다에서 나침반이 되어 준 아라온호가 있어
별이는 헤매지 않고 고향으로 향할 수 있었어요.

매년 이른 봄이면 별이와 같은 어린 연어들이
북태평양 알래스카로 떠났다가 3~4년이 지난 후 가을이 되면
자신이 태어난 동해안 남대천으로 다시 돌아옵니다.

어릴 적 영상 속에서 보았던 연어 떼는 강한 물줄기를 거슬러

하얀 물거품 사이로 힘차게 뛰어오르던 생동감 있는 모습이었어요.

이 책에 그런 힘찬 모습을 담고 싶었습니다.

해마다 먼바다에서 돌아와 남대천 상류를 향해 힘껏 헤엄치게 될

수많은 별이와 연어들에게 "힘내!"라고 응원을 보내 봅니다.

2025년 1월

유착희